Atiq Rahimi
Erde und Asche

Atiq Rahimi

Erde und Asche

Roman

Aus dem afghanischen Persisch (Dari) von
Susanne Baghestani

Claassen

*Meinem Vater
und allen anderen Vätern gewidmet,
die im Krieg weinten*

Er
hat ein Herz,
groß wie sein Kummer

R. HOSSEINI

– Ich hab Hunger.

Du ziehst einen Apfel aus deinem roten Bündel mit dem weißen Apfelblütenmuster und reibst ihn mit einem Zipfel deines staubigen Gewands ab. Der Apfel wird davon nur schmutziger. Du steckst ihn wieder ins Bündel, ziehst einen andern, saubereren heraus. Du hältst ihn deinem Enkel Yassin hin, der neben dir sitzt, den Kopf an deinen müden Arm gelehnt. Das Kind ergreift den Apfel mit seinen kleinen staubigen Händen und führt ihn zum Mund. Seine Schneidezähne sind noch nicht abgebrochen. Es versucht den Apfel mit seinen Eckzähnen anzuknabbern. Seine mageren und schrundigen Wangen zittern. Seine schmalen, lang gestreckten Augen werden noch schmaler. Der Apfel ist sauer. Er kräuselt sein relativ breites Näschen, zieht mit einem Seufzer den Schleim hoch.

Du hast dich wieder hingehockt, den Rücken in Richtung der herbstlichen Sonne gegen das Geländer der Brücke gelehnt, die die beiden Böschungen eines ausgetrockneten Flusses im nördlichen Teil der Stadt Pol-e Chomri verbindet. Die Landstraße, die den Norden Afghanistans mit Kabul verbindet, verläuft über diese Brücke. Solltest du am Brückenkopf linker Hand abbiegen und dem Schotterweg folgen, der sich über dornige Hügel hinwegschlängelt, gelangst du zur Kohlenmine von Karkar ...

Yassins Quengeln entreißt dich dem Weg zur Mine. Sieh nur, deinem Enkel gelingt es nicht, den Apfel anzuknabbern. Wo ist das Taschenmesser? Du forschst in deinen Jackentaschen und findest es. Du nimmst deinem Enkel den Apfel aus den

Händen, teilst ihn in zwei Hälften und jede noch mal in zwei, gibst ihm das Ganze zurück. Du versenkst das Taschenmesser in einer Tasche und verschränkst deine Arme vor der Brust.

Seit langem hast du schon keinen Tabak mehr geschmeckt. Wo hast du die Dose mit *Naswar** hingetan? Von neuem erforschst du deine Taschen. Endlich findest du sie. Du schüttest dir eine Prise in den Mund. Bevor du die Dose zurücksteckst, wirfst du einen Blick in den Spiegel ihres Deckels. Deine schmalen Augen sind in ihre Höhlen gekrochen. Die Zeit hat Spuren auf der Haut hinterlassen, die die Augen umgibt, ein Muster aus schiefkrummen Linien, als schlängelten sich Würmer um zwei Aushöhlungen. Hungrige Würmer, die lauern... Du trägst einen großen verworrenen Turban. Sein Gewicht drückt deinen Kopf zwischen die Schultern. Er ist von Staub bedeckt. Vielleicht ist er deshalb so schwer. Seine

---
* Vgl. Glossar S. 99.

ursprüngliche Farbe ist nicht mehr zu erkennen, jetzt ist sie äschern von Sonne oder Staub ...

Steck doch die Dose endlich zurück! Denk an was anderes, schau woandershin.

Du steckst die Dose in eine der Taschen. Streichst über deinen angegrauten Bart. Dann umschlingst du deine Knie und heftest den Blick auf dein müdes Schattenbild, das mit dem gleichförmigen Schatten des Brückengeländers verschmolzen ist.

Ein Militärlaster, auf dessen Wagentür ein roter Stern prangt, überquert die Brücke. Er stört den tiefen Schlaf des Staubs. Der Staub wirbelt auf und hüllt die Brücke ein. Dann legt er sich wieder, ganz sanft. Sanft lässt er sich auf allem nieder: dem Apfel, dem Turban, den Wimpern ... Mit deiner Hand versuchst du Yassins Apfel zu schützen.
– Lass das!

Dein Enkel schreit. Deine Hand behindert ihn beim Essen.
– Willst du denn lieber Staub schlucken?
– Lass das!

Lass ihn in Ruhe. Kümmre dich um dich selbst. Der Staub dringt in deinen Mund und in deine Nasenhöhlen. Du spuckst das Naswar aus, weit fort neben fünf andere grünliche Pfützen. Mit einem Zipfel des Turbans bedeckst du Mund und Nase. Du wirfst einen Blick auf den Brückenkopf, den Schotterweg zur Mine und auf die schwarz bemalte Holzbaracke des Wächters, der den Weg bewacht. Rauch entweicht aus ihrem kleinen Fenster. Nach einer Weile des Zögerns ergreifst du mit einer Hand das rostige Geländer der Brücke, mit der andern das rote Bündel. Du reißt dich von der Erde los und gehst gebückt auf die Baracke zu. Rufst nach Yassin.

Auch das Kind erhebt sich und folgt dir, klammert sich an deine Jacke. Ihr erreicht die Baracke. Du steckst den Kopf durch die unverglaste Öffnung. Das Innere ist verraucht. Es verströmt einen Geruch nach Kohle und feuchtheißem Atem. Der Wächter sitzt an eine der Wände gelehnt, in genau derselben Haltung, wie du ihn vor kurzem gesehen hast. Die Augen immer noch geschlossen. Vielleicht ist seine Schirmmütze ein wenig mehr herabgesunken. Nichts weiter. Alles andere ist unverändert, bis hin zur halb heruntergebrannten Zigarette im Winkel seiner blutleeren Lippen...

Huste doch mal!

Dein Husten dringt nicht mal an deine eigenen Ohren, geschweige denn an die des Wächters! Huste noch einmal, kräftiger! Aber er hat es wieder nicht gehört. Vielleicht hat ihn der Ruß der Kohle erstickt. Du rufst nach ihm.

– Lieber Bruder...

– Was willst du denn noch von mir, *Bāba djan*?

Gott sei Dank, er spricht. Er lebt, bleibt aber nach wie vor regungslos, die Augen unter der Schirmmütze geschlossen... Deine Zunge bewegt sich, um etwas zu sagen. Schneid ihm nicht das Wort ab!

– ... Du treibst mich noch zum Wahnsinn! Hundert Mal habe ich dir schon gesagt, sobald ein Wagen kommt, werde ich mich vor ihn werfen und den Fahrer anflehen, dass er dich zum Bergwerk mitnimmt! Was willst du noch? Hast du bis jetzt einen Wagen gesehen? Nein! Brauchst du vielleicht einen Zeugen?

– Nein, verehrter Bruder! Ich weiß genau, dass bisher kein Wagen vorbeigekommen ist. Aber es könnte doch sein, dass du uns vielleicht aus Versehen vergessen hast ...

– Weshalb sollte ich euch vergessen, Bāba djan? Falls du deine Geschichte hören willst, die du mir zigmal erzählt hast, ich kann sie dir Satz für Satz erzählen! Ich weiß, dass dein Sohn in der Mine arbeitet. Ich weiß, dass du mit seinem Sohn hergekommen bist, um ihn zu besuchen ...

– Allmächtiger, du hast alles behalten. *Ich* bin es, der alles vergisst. Ich dachte, ich hätte dir nichts gesagt. Manchmal glaube ich, die andern sind ebenso vergesslich wie ich. Ich bitte dich um Verzeihung. Ich hab dich belästigt ...

In Wahrheit ist dir das Herz schwer. Seit langem schon hat sich kein Freund, nicht mal ein Fremder um dich gekümmert. Seit langem schon hat dir kein freundliches Wort mehr das Herz erfüllt... Du willst etwas sagen, auch etwas hören. Nur zu, sprich! Aber du wirst nichts zu hören bekommen! Der Wächter wird deinen Worten nicht lauschen. Er ist in sich versunken, mit sich versunken. Er ist in sich und mit sich in Frieden. Lass ihn in Ruhe!

Du bleibst stumm vor der Baracke stehen. Dein Blick verlässt die Baracke und wandert die Windungen des Tals entlang. Das Tal ist verdorrt, voller Dornen, stumm. An seinem andern Ende steht... Murad, dein Sohn.

Du kehrst den Blick vom Tal ab, wendest ihn erneut dem Innern der Baracke zu. Du würdest dem Wächter gern sagen, dass du dableibst, um auf ein Fahrzeug zu warten, sei nur wegen deines Enkels Yassin. Würde es einzig um dich gehen, hättest du dich schon längst auf den

Weg gemacht, zu Fuß. Vier oder fünf Stunden Fußmarsch, sie würden dich nicht schrecken. Du würdest ihm gern sagen, dass du täglich zehn Stunden, gelegentlich auch länger, die Felder bearbeitest, aufrecht auf deinen Beinen, dass du ein mutiger Mann bist, dass... Was noch? Ist es wirklich nötig, all das dem Wächter zu erzählen? Was geht es ihn an? Nichts! Also, lass ihn in Ruhe. Schlaf in Frieden, mein Bruder! Wir werden fortgehen. Wir werden dich nicht mehr belästigen.

Aber du rührst dich nicht. Du bleibst wie angewurzelt vor ihm stehen, stumm.

Das Geräusch von Steinen, die zu deinen Füßen gegeneinander schlagen, lenkt deine Aufmerksamkeit auf Yassin, der dort hockt. Er hat ein Apfelstückchen auf einen Stein gelegt und schlägt mit einem zweiten Stein darauf ein.

– Was machst du? Guter Gott! Iss den Apfel!

Du packst Yassin an den Schultern und ziehst ihn hoch. Der Junge schreit.

– Lass das! Lass mich los! Warum macht der Stein kein Geräusch?

In die Rußschwaden, die der Baracke entweichen, mischt sich jetzt das Gezeter des Wächters.

– Ihr bringt mich noch um den Verstand! Kannst du deinen Enkel nicht einen Augenblick stillhalten?

Es bleibt keine Zeit, dich zu entschuldigen, oder du traust dich nicht. Hastig packst du Yassin, zerrst ihn gewaltsam mit dir zur Brücke. Wütend lässt du dich an deinem Platz bei der Brüstung niederfallen, legst das Bündel neben dich und knurrst, während du deinen Enkel umarmst:

– Halt doch ein bisschen still!

Wem sagst du das? Yassin? Ihm, der nicht mal das Geklapper eines Steins hören kann? Wie dann deine schwache, zittrige Stimme? Yassins Welt ist eine andere geworden. Eine lautlose Welt. Er war nicht immer taub. Er ist es geworden. Ihm selbst ist es nicht bewusst. Er wundert sich, dass nichts mehr ein Geräusch macht. Dabei war es vor ein paar Tagen noch anders. Stell dir vor, ein Kind wie Yassin zu sein, ein Kind, das noch vor kurzem hören konnte und nicht mal wusste, was taub sein bedeutet. Und dann, eines Tages, hörst du nichts mehr. Weshalb? Töricht, dir zu sagen, dass du taub geworden bist! Du hörst es weder, noch verstehst du es. Kannst dir nicht vorstellen, dass *du* es bist, der nichts mehr hört. Denkst, es seien die andern, die verstummt sind. Die Männer haben keine Stimmen mehr, der Stein hat keine Stimme mehr. Die Welt ist verstummt. Aber weshalb bewegen die Menschen dann unnötig ihre Münder?

Yassin vergräbt seinen kleinen Kopf voller Fragen unter deiner Jacke.

Dein Blick schweift zur anderen Seite der Brücke, über den ausgetrockneten Fluss, der sich in ein Bett für schwarze Steine und gelbe Sträucher verwandelt hat. Wandert weiter zu den fernen Bergen. Die Berge verschmelzen mit Murads Gesicht, der jetzt vor dir steht und fragt:

– Weshalb bist du gekommen? Es ist doch alles in Ordnung?

Seit über einer Woche bestürmen dieses Gesicht und diese Frage deine Gedanken, im Schlaf und ebenso, wenn du wach bist.

Weshalb? Eine Frage, die dein Mark zersetzt. Als sei dein Gehirn nicht in der Lage, eine Antwort zu geben. Wenn diese eine Frage doch bloß nicht existierte. Wenn man doch niemals fragen könnte, *weshalb*! Du bist gekommen, um dich nach deinem Sohn zu erkundigen. Das ist alles! Schließlich sehnst du dich wie jeder Vater von Zeit zu Zeit nach deinem Sohn. Ist das eine Sünde? Nein. Aber du weißt, weshalb du hier bist.

Wieder ziehst du nach längerem Suchen die Dose mit Naswar aus einer der Taschen. Schüttest ein wenig davon in die Handfläche und tust es unter die Zunge. Wenn alles doch nur so einfach sein könnte und mit Vergnügen verbunden wie Naswar lutschen, wie schlafen... Und dein Blick gleitet erneut zum Gipfel der hohen, fernen Berge.

Noch immer verschmilzt Murads Gesicht mit den Bergen. Die Felsen heizen sich langsam auf, färben sich rot. Als hätten sie sich alle in glühende Kohle verwandelt, als formten die Berge ein gewaltiges Becken aus Kohle. Die Glut lodert auf und ergießt sich in den Fluss. Du stehst auf der einen Böschung, Murad auf der andern. Murad fragt weiter, weshalb du gekommen bist. Weshalb du mit Yassin allein gekommen bist. Weshalb du ihm stille Steine gegeben hast.

Dann beginnt Murad zum brennenden Flussbett hinabzusteigen. Du schreist.

– Murad, mein Sohn, bleib stehen! Bleib, wo du bist! Der Fluss steht in Flammen, du wirst verbrennen! Komm nicht her!

Du fragst dich, wer wohl so etwas glauben könnte. Ein Fluss in Flammen? Spinnst du? Sieh doch, Murad durchquert den Fluss, ohne zu verbrennen. Nein, ganz bestimmt brennt er, er lässt es sich nur nicht anmerken. Murad ist ein Held.

Er weint nicht. Sieh ihn an. Sein ganzer Körper ist wie in Schweiß gebadet. Du schreist noch einmal:

– Murad, bleib stehen! Der Fluss steht in Flammen ...

Und Murad kommt weiter auf dich zu mit der Frage:

– Weshalb bist du gekommen? ...

Von irgendwoher, von nirgendwoher, steigt die Stimme von Murads Mutter auf.

– Dastagir, sag Murad, er soll bleiben, wo er ist. Geh selbst durch den Fluss! Geh und trockne ihm den Schweiß mit meinem Apfelblütenschal, dem aus deinem Reisebündel. Für Murads Leben würde ich all meine Schals hergeben ...

Deine Augen öffnen sich. Du fühlst kalten Schweiß auf deiner Haut. Wenn du doch nur ruhig schlafen könntest. Mittlerweile ist eine ganze Woche vergangen, in der du nicht mehr in Frieden schlafen konntest. Sobald du die Augen schließt, sind da Murad und seine Mutter, Yassin und seine Mutter, Staub und Flammen, Schreie und Tränen ... und wieder das Erwachen. Deine Augen brennen. Sie brennen vor Schlaflosigkeit. Deine Augen können nicht mehr sehen. Sie sind erschöpft. Vor lauter Erschöpfung und Schlaflosigkeit sackst du alle Augenblicke in einen Halbschlaf. Einen Halbschlaf, in dem sich die Bilder häufen ... Als lebtest du nur noch für diese Bilder und Träume. Träume und Bilder, die du gesehen hast, und am liebsten nicht gesehen hättest ... vielleicht auch die, die du noch sehen musst, aber nicht sehen willst.

Wenn man doch bloß schlafen könnte wie ein Kind, wie Yassin. Wie Yassin?

Nein, nicht wie er. Wie jedes andere Kind außer Yassin. Yassin seufzt und weint im Schlaf. Sein Schlaf ähnelt vielleicht deinem: voller Staub, Flammen und Schreie.

Könnte man doch wie ein Neugeborenes schlafen. Einen Schlaf ohne Bilder, ohne Erinnerungen, ohne Vorstellungen. Könnte man doch wie ein Neugeborenes das Leben von vorn beginnen. Vergebens, es ist unmöglich.

Könnte man doch nur von neuem leben, und sei es für einen Tag, eine Stunde, eine Minute, ja, eine Sekunde.

Du denkst an den Augenblick zurück, als Murad das Dorf verließ, als er über die Schwelle nach draußen trat. Du hättest deine Frau, deine Kinder und Enkel an der Hand nehmen und auch das Dorf verlassen sollen, in ein anderes Dorf gehen müssen. Du hättest nach Pol-e Chomri gehen können. Was heißt das schon, dass du dann kein Land, keinen Acker mehr besessen hättest. Zum Teufel mit dem Weizen! Du hättest Murad folgen, Schulter an Schulter mit ihm in der Mine arbeiten müssen. Müsstest heute niemandem erklären, weshalb du gekommen bist.

Vergebens!

In diesen vier Jahren, die Murad in der Mine gearbeitet hat, fandest du keine einzige Gelegenheit, ihn zu besuchen. Vier Jahre, in denen er dir seine junge Frau und seinen Sohn anvertraut hatte und zum Bergwerk gegangen war, um seinen Lebensunterhalt zu verdienen.

Nein, in Wahrheit war Murad aus dem Dorf geflohen, er wollte ihm fern sein und ging fort… Gott sei Dank ist er fortgegangen.

Vor vier Jahren hatte sich der niederträchtige Sohn deines Nachbarn Yaqub Schah Murads Frau genähert und deine Schwiegertochter hatte es Murad erzählt. Murad hatte eine Schaufel gepackt und war unverzüglich zu Yaqub Schahs Haus geeilt, hatte ihn und seinen Sohn gerufen und Letzterem ohne weitere Erklärung die Schaufel übergezogen. Yaqub Schah hatte seinen Sohn mit klaffendem Haupt dem Dorfrat vorgeführt und Murad war zu sechs Monaten Gefängnis verurteilt worden.

Nach der Entlassung hatte Murad seine Siebensachen gepackt und war in die Mine gegangen. Seither war er nur vier Mal ins Dorf zurückgekehrt. Sein letzter Besuch ist kaum einen Monat her und nun kommst du, begleitet von seinem kleinen Sohn. Da darf er doch fragen, weshalb!

– Wasser!

Bei Yassins Schrei gleitet dein Blick vom Gebirge ins trockene Flussbett hinab und vom Fluss zu den aufgesprungenen Lippen deines Enkels, der ungeduldig um Wasser bettelt.

– Aber woher soll ich dir denn Wasser holen, mein Kind?

Du wirfst einen verstohlenen Blick auf die hölzerne Baracke. Du wagst es nicht, den Wächter erneut um Wasser zu bitten, da du erst heute Morgen für Yassin Wasser aus seinem Krug geschöpft hast, und wenn du ihn noch einmal darum bittest ... Nein, er wird sicher zornig werden, dir den Krug über den Schädel ziehen. Lieber anderswo bitten ...

Deine schirmende Hand bietet deinen Augen Schatten. Du wirfst einen Blick auf das andere Ende der Brücke. Dort steht ein kleiner Kiosk, bei dessen Inhaber du dich heute Morgen nach dem Weg zum Bergwerk erkundigt hast. Der Mann hat ihn dir sehr freundlich erklärt. Kehr zu ihm zurück und bitte ihn um Wasser! Du richtest dich halb auf, um loszugehen. Doch du bleibst wie festgenagelt stehen. Wenn nun tatsächlich ein Wagen vorbeikäme und der Wächter sieht dich nicht mehr an deinem Platz! Die ganze Warterei umsonst! Nein, bleib, wo du bist! Der Wächter gehört nicht zu der Sorte, die wartet, nach dir sucht, dich ruft… Nein, Dastagir, sei vernünftig und bleib, wo du bist.

– Wasser, Großvater! Wasser!
Yassin schluchzt. Du kniest nieder, fischst einen Apfel aus dem Bündel und hältst ihn ihm hin.
– Nein, Wasser will ich! Wasser!
Du lässt den Apfel auf die Erde fallen, reißt dich mit letzter Kraft hoch, packst Yassins Hand mit der einen, das Bündel mit der andern Hand und hastest grollend zum Kiosk.

Es ist ein kleiner Kiosk, bei dem drei Wände aus Balken und Lehm sind. Die

Vorderseite besteht aus unregelmäßigen Holzrahmen, mit Plastikfolie anstelle von Glas dazwischen.

Hinter dem Tresen sitzt ein Mann mit schwarzem Bart. Ein bortenbesetztes Käppchen verdeckt seinen kahl rasierten Schädel. Er trägt eine schwarze Weste. Sein schmächtiger Oberkörper verschwindet fast vollständig hinter einer voluminösen Waage. Mit gesenktem Kopf ist er in seine Lektüre vertieft.

Beim Geräusch deiner Schritte und deines Brummelns hebt er die Augen und rückt seine Brille zurecht. Trotz der sorgenvollen Miene verbreiten seine Augen einen besonderen Glanz, der durch die Lupengläser vergrößert erscheint. Er heißt dich mit einem wohlwollenden Lächeln willkommen und fragt:

– Bist du von der Mine zurück?

Du spuckst dein Naswar aus und erwiderst niedergeschlagen:

– Leider nein, mein Bruder. Wir sind noch gar nicht dort gewesen. Wir warten auf einen Wagen. Mein Enkel hat Durst. Wenn du so freundlich wärst, ihm ein wenig Wasser zu geben?

Der Kioskbesitzer gießt aus einem Krug Wasser in einen Kupferbecher.

Im Kiosk ist auf die Rückwand eine große Szene gemalt: Hinter einem großen Felsen ist ein Mann zu sehen, der den Teufel an den Armen gepackt hält. Beide beobachten heimlich, wie ein alter Mann in eine Grube fällt.

Der Kioskbesitzer reicht Yassin den Becher und fragt dich:
– Kommst du von weither?
– Von Abqul. Mein Sohn arbeitet in der Mine. Ich geh ihn besuchen.
Du heftest deinen Blick auf die Holzbaracke des Wächters.
– Sind die Zustände dort schlimm?

Der Kioskbesitzer versucht ein Gespräch anzuknüpfen, doch du starrst wie angenietet auf die Holzbaracke. Schweigend. Als hättest du nichts gehört. Als hättest du nichts hören wollen. Oder als wolltest du nicht antworten. Geh, Bruder, lass Dastagir in Ruhe!

– Es heißt, die Russen hätten vergangene Woche das ganze Dorf in Schutt und Asche gelegt. Stimmt das?
Es gibt kein Entrinnen. Du bist gekommen, um Wasser zu erhalten, nicht Tränen. Nichts außer einem Tropfen Wasser. Geh, Bruder, ich beschwöre dich bei Gott, streu kein Salz in unsere Wunden.

Was ist mit dir, Dastagir? Noch vor wenigen Augenblicken war dir das Herz schwer. Du warst bereit zu reden, egal worüber, egal mit wem. Hier ist endlich jemand, dem du dein Herz ausschütten kannst, jemand, dessen Blick schon tröstet. Sag doch etwas! Ohne die Baracke aus den Augen zu lassen, antwortest du:
– Ja, mein Bruder. Ich war selber dort. Ich hab alles gesehen. Ich hab meinen eigenen Tod gesehen ...

Wieder verstummst du. Du weißt, wenn du fortfährst und dich in ein Gespräch vertiefst, könntest du die Ankunft eines Fahrzeugs verpassen.

Der Kioskbesitzer setzt seine Brille ab und steckt den Kopf aus dem Tresenfenster, um zu sehen, was deine Aufmerksamkeit derart fesselt. Sobald sein Blick auf die Baracke fällt, begreift er und sagt:

– Lieber Bruder, es ist noch genug Zeit. Der Wagen kommt immer gegen vierzehn Uhr vorbei. Du hast noch zwei Stunden Zeit.

– Um vierzehn Uhr? Ach, weshalb hat mir der Wächter denn nichts davon gesagt?

– Vielleicht weiß er es nicht so genau. Nimm es ihm nicht übel. Die Wagen verkehren unregelmäßig. Abgesehen davon, was ist in diesem Land pünktlich, und weshalb sollten es da denn die Wagen sein? Heute ...

– Großvater, ich will *Mehlbeeren*!

Yassins Stimme unterbricht den Mann. Du nimmst Yassin den Becher aus seinen Händen. Er hat ihn noch nicht leer getrunken.

– Trink erst dein Wasser aus!

– Mehlbeeren will ich, Mehlbeeren!!!

Du führst den Becher an seinen Mund und bedeutest ihm zornig, er soll ihn leeren. Yassin wendet den Kopf ab und wiederholt jammernd:

– Mehlbeeren! Mehlbeeren!

Der Kioskbesitzer streckt seine Hand heraus und bietet Yassin eine Hand voll Mehlbeeren an. Der nimmt sie und hockt sich zu deinen Füßen nieder. Du bleibst mit dem Becher in deiner Hand stehen und versuchst, Ruhe zu bewahren. *La Hawl*! Atmest tief ein und erklärst entmutigt:

– Dieser Junge wird mich noch um den Verstand bringen!

– Sagen sie nicht so was, Vater. Er ist noch ein Kind. Er versteht es noch nicht.

Du atmest ein, noch tiefer und noch bekümmerter als zuvor, und fährst fort:

– Das Problem, Bruder, ist nicht, dass er es nicht versteht... Das Kind ist taub geworden.

– Gott möge es heilen! Weshalb denn?

Du leerst den Becher deines Enkels und fährst fort:

– Jene Bombardierung des Dorfs hat das Kind taub werden lassen. Ich weiß nicht mehr, wie ich mich ihm verständlich machen soll. Ich spreche zu ihm wie vorher, ich schelte den Jungen. Es ist die Gewohnheit ...

Bei diesen Worten reichst du den Becher zum Tresen hin. Der Kioskbesitzer nimmt ihn. Er weiß nicht, wie er dich trösten soll. Sein Blick wandert zu Yassin, dann zu dir und von dir zum leeren Becher zurück ... Er zieht es vor zu schweigen ... Wortlos zieht er sich ins Innere des Lädchens zurück. Seine Hand fährt in eine hölzerne Wandnische und zieht eine kleine Tasse heraus. Er füllt sie mit Tee und reicht sie dir.

– Trink einen Schluck Tee, Bruder. Du bist erschöpft. Du hast noch viel Zeit. Ich kenne alle Wagen, die zur Mine fahren. Falls einer hier ankommen sollte, werde ich selbst dir Bescheid geben.

Du wirfst einen Blick auf die Baracke des Wächters und ergreifst nach kurzem Zögern die Tasse.

– Du bist ein großherziger Mann. Möge Gott deine Vorfahren bis ins siebte Glied segnen.

Als er dich trinken sieht, erscheint ein wohlwollendes Lächeln auf den Lippen des Kioskbesitzers.
– Sollte dir kalt sein, dann tritt ein in den Kiosk. Dein Enkel könnte sich auch erkälten.
– Gott segne dich, Bruder, hier geht es uns ganz gut. Die Sonne scheint. Wir wollen dir nicht noch mehr zur Last fallen. Falls doch plötzlich ein Wagen vorbeikommen sollte ... trinke ich lieber meinen Tee aus und verabschiede mich.
– Verehrter Vater, ich sagte dir doch gerade, dass ich dir Bescheid geben würde, wenn ein Wagen vorbeikäme. Von hier aus kannst du ihn kommen sehen. Aber wenn du nicht willst, ist das eine andere Sache.
– Gott ist mein Zeuge, verehrter Bruder, es ist keine Frage des Wollens. Der Wächter dort drüben gehört nicht zu der Sorte, die einen Wagen warten lassen.
– Glaub mir, Vater, bis er ihnen den Passierschein ausgehändigt und den Schlagbaum geöffnet hat, dauert es seine Zeit. Außerdem ist dieser Wächter gar kein so schlechter Mensch. Ich kenne ihn gut, er

kommt mich oft besuchen. Es ist der Kummer, der ihn verdorben hat ...

Der Kioskbesitzer macht eine Pause, schiebt eine Zigarette in den Mundwinkel und zündet sie an. Bedächtig fährt er fort:
— Weißt du, Vater, der Schmerz schmilzt entweder und rinnt aus den Augen oder er wird zu einem Dolch und legt sich auf die Zunge oder aber er verwandelt sich in deinem Innern in eine Bombe. Eine Bombe, die eines Tages hochgeht und dich zerbersten lässt ... Der Kummer von Fateh, dem Wächter, besitzt alle drei Formen. Kommt er mich besuchen, fließt sein Kummer in Tränen über, sobald er aber in seiner Baracke allein ist, verwandelt er sich in eine Bombe ... Verlässt er die Baracke und sieht andere Menschen, wird sein Kummer zu einem Dolch, er möchte ...

Was folgt, hörst du nicht mehr. Deine Gedanken wandern in dein Innerstes, dorthin, wo du die Stätte deines Kummers vermutest. Und dein Kummer? Hat er sich in Tränen verwandelt? Nein, sonst müsstest du weinen. In einen Dolch? Auch nicht. Du hast noch niemanden verletzt. In eine Bombe? Du lebst doch noch. Du kannst ihn nicht beschreiben: Er hat noch keine Gestalt angenommen. Er hatte noch keine Gelegenheit dazu. Könnte er doch verstummen, ehe er Gestalt annimmt, verfliegen... Er wird verfliegen, bestimmt. Sobald du Murad siehst, deinen Sohn... Murad, wo bist du nur?

– Bāba, woran denkst du?
Die Frage des Kioskbesitzers unterbricht deine Reise ins Innere. Unschuldig erwiderst du:
– An nichts, Bruder, du sprachst vom Kummer...

In einem Zug leerst du die Tasse und gibst sie dem Kioskbesitzer zurück. Du erforschst deine Taschen, ziehst die Dose heraus und schiebst dir ein wenig Naswar in den Mund. Gehst und hockst dich neben einen Holzpfeiler, der die brüchigen Eisenteile des Kioskdachs stützt. Yassin spielt schweigend mit den Mehlbeerkernen. Du ergreifst seinen Arm und ziehst ihn an deine Seite. Du willst etwas zu ihm sagen, doch das Geräusch von Schritten lässt dich die Worte für dich behalten.

Ein Mann in Uniform nähert sich.
– Salam, *Mirsā Qadir*.
– Waleykom, Hashmat Chan.
Der Soldat kauft ein Päckchen Streichhölzer und beginnt sich mit dem Kioskbesitzer zu unterhalten.

Zu deinen Füßen spielt dein Enkel gerade mit einer Ameise, die gekommen ist, von den grünen Flecken des Naswar zu kosten, die du vor dem Kiosk ausgespieen hast. Mithilfe eines Kerns verrührt Yassin das Naswar mit der Erde und der Ameise. Die Ameise zappelt in dem grünlichen Gemisch.

Der Soldat hat sich von Mirsā Qadir verabschiedet und geht an dir vorbei.

Mit dem Kern stochert Yassin in dem Abdruck herum, den der Stiefel des Soldaten hinterlassen hat.

Die Ameise ist verschwunden. Ameise, Erde und *Naswar* kleben an der Sohle des Soldaten, der sich entfernt.

Mirsā Qadir verlässt seinen Platz hinter der Waage, zieht sich in einen Winkel seines Lädchens zurück und spricht sein Mittagsgebet.

Eine Woche ist vergangen, in der du nicht mehr gebetet hast, weder in der Moschee, noch allein.

Hast du Ihn etwa vergessen?

Nein, deine Kleidung ist zu unrein für das Gebet. Seit einer Woche trägst du das gleiche Gewand, beim Schlafen und wenn du auf bist. Gott ist barmherzig.

Ob du nun betest oder nicht, Gott kümmert sich sowieso nicht um dich. Würde er nur einen Augenblick an dich denken, sich deiner Verzweiflung zuneigen... Wehe, Gott hat seine Schutzbefohlenen verlassen... Sollte er das unter wachen verstehen, könntest sogar du Ohnmächtiger über tausende Welten herrschen!

La Hawl! Dastagir, du versündigst dich! Verflucht seien die Versuchungen des Teufels! Verflucht sollst du sein! Denk an etwas anderes! Aber an was? Bist du denn nicht hungrig? Spuck doch dein Naswar aus!

– Mensch, am Ende wird sich noch deine Zunge auflösen! Deine ganzen Innereien werden sich auflösen. In letzter Zeit ernährst du dich nur noch von Naswar.

Du hörst die Stimme von Murads Mutter, die Worte, die sie stets zu dir sagte, bevor ihr euch an das Speisetuch setztet. Damals, als Murad im Gefängnis war, suchtest du stets nach einem Vorwand, um den Mahlzeiten zu entfliehen. Mit dem Naswar unter der Zunge entschwandest du in den kleinen Hausgarten. Angeblich, um unter den letzten Sonnenstrahlen Unkraut zu jäten. Dort, zu Füßen der Büsche, vertrautest du deinen Kummer den Blumen und der Erde an.

Die Stimme deiner Frau hallte weiter durch den Hof. Sie rief, nach deinem Tod würde sich dein Mund im Grab bis zum Jüngsten Tag mit Erde füllen. Du würdest zu Staub zerfallen und aus deinem Staub würde eine Tabakpflanze erblühen. Du würdest in der Hölle in einem Feuer aus Tabak brennen ... bis in alle Ewigkeit!

Es ist noch weit bis zum Jüngsten Gericht, und doch brennst du schon. Was fürchtest du das Höllenfeuer? Ein Höllenfeuer aus Tabak!

Du spuckst dein Naswar weit aus. Nimmst einen Fladen Brot aus dem roten Bündel und teilst ihn dir mit Yassin.

Deine Zähne sind zu schwach zum Kauen. Nicht doch. Das Brot ist mehrere Tage alt und hart geworden. Das Einzige, was an dir noch heil ist, sind diese Zähne. Zähne hast du, Brot nicht! Als bliebe dir eine Wahl: Brot oder Zähne!

Entspricht das etwa dem freien Willen des Menschen?

Du ziehst einen Apfel aus dem Bündel. Du beginnst erneut mit Gott zu hadern. Du flehst Ihn an, von seinem Sockel herabzusteigen. Du breitest den Schal mit dem Apfelblütenmuster aus, als würdest du Ihn einladen, das sieben Tage alte Brot mit dir zu teilen. Du möchtest Ihn fragen, was du Ihm angetan hast, dass Er dir solch eine Wegzehrung beschieden hat ...

– Der Soldat behauptet, die Russen hätten das Dorf zerstört?
Mirsā Qadir tritt zwischen dich und deinen Gott. Du segnest ihn für diese Frage, die dich davor bewahrt, gegen Ihn in den Kampf zu ziehen. Gott bittest du um Vergebung, Mirsā Qadir antwortest du:
– Frag nicht, Bruder, sie haben niemanden verschont ... Ich frage mich, was unser Dorf Gott bloß angetan hat ... Es ist dem Erdboden gleich geworden.

– Weshalb haben sie euch angegriffen?
– Ach, weißt du, mein Bruder, wollte man in diesem Land jemanden fragen, weshalb, müsste man bei den Toten in ihren Gräbern beginnen. Woher soll ich das wissen? Vor einiger Zeit waren ein paar Verräter von der Regierung gekommen, um Truppen auszuheben. Die Hälfte der jungen Männer ist geflohen, die andere Hälfte hat sich versteckt. Unter dem Vorwand, die Häuser zu durchsuchen, haben die Milizen alles geplündert und verwüstet. Mitten in der Nacht sind ein paar Männer aus dem Nachbardorf gekommen und haben die Regierungsmilizen geköpft... Die jungen Leute, die sich versteckt hielten, um nicht unter der roten Flagge dienen zu müssen, haben sie mitgenommen... Kein ganzer Tag war vergangen, da kamen die Russen. Sie umzingelten das Dorf. Ich war in der Mühle. Plötzlich hörte ich eine Explosion. Ich ging hinaus. Ich sah nichts als Flammen und Staub. Ich rannte auf das Haus zu. Weshalb wurde ich nicht vom Blitz erschlagen, ehe ich das Haus erreichte! Was habe ich verbrochen, dass

ich am Leben geblieben bin, um zu sehen ...

Schluchzer schnüren dir die Kehle zu. Tränen füllen deine Augen. Nein, es sind keine Tränen, es ist der Kummer, der schmilzt und herabfließt. Lass ihn fließen.

Mirsā Qadir verharrt schweigend im Fensterrahmen seines Kiosks wie ein Bild. Als sei er Teil des Gemäldes auf der Wand hinter ihm.

Du fährst fort:

– Durch Flammen und Rauch rannte ich auf das Haus zu. Ehe ich es erreichte, sah ich Yassins Mutter. Sie rannte, ganz und gar nackt ... Sie schrie nicht, sie lachte. Wie eine Verrückte rannte sie umher ... Sie war im *Hammam,* da fiel die Bombe. Das Hammam war explodiert. Einige Frauen waren getötet oder lebendig begraben worden ... Aber meine Schwiegertochter ... Wäre ich doch erblindet und hätte sie nicht in solcher Schande sehen müssen. Ich rannte ihr hinterher, aber sie ist in den Flammen verschwunden. Ich erreichte das Haus, ich weiß nicht mehr

wie... Vom Haus war nichts mehr übrig...
Es hatte sich in eine Gruft verwandelt, für
meine Frau, meinen andern Sohn, seine
Frau, seine Kinder...

Ein Kloß verschließt dir die Kehle. Eine
Träne rinnt herab. Du wischst sie mit
einem Zipfel deines Turbans ab und
sprichst weiter:

– Außer diesem einen Enkel hat niemand überlebt. Aber er kann mich nicht hören. Als würde ich mit einem Stein sprechen. Es bricht mir das Herz. Sprechen reicht nicht, lieber Bruder. Worte, die nicht gehört werden, nützen gar nichts, es sind Tränen...

Du umarmst Yassins kleinen Kopf. Das Kind hebt die Augen zu dir. Es sieht dich an und ruft:

– Großvater weint. Mein Onkel ist tot, meine *Bibi* ist fort... Qader ist tot, *Bobo* ist tot!

Seit einer Woche wiederholt Yassin diese Worte, sobald er dich weinen sieht. Jedes Mal stellt er die Bombardierung mit Lauten und Gebärden nach und erzählt:

– Die Bombe war sehr stark. Sie hat alles verstummen lassen. Die Panzer haben allen Leuten die Stimme weggenommen und sind dann weggefahren. Sie haben sogar Großvaters Stimme mitgenommen. Großvater kann nicht mehr sprechen, er kann mich nicht mehr schelten...

Das Kind lacht und rennt auf die Baracke des Wächters zu. Du rufst ihm nach:
– Komm zurück! Wohin läufst du?
Vergebens. Lass ihn doch spielen gehen.

Mirsā Qadir, der bislang verstummt war, als fände er keine Worte, um deinen Kummer zu teilen, murmelt nun leise einige Koranverse und spricht dir sein Beileid aus. Dann fährt er, jedes Wort einzeln betonend, fort:
– Lieber Vater, heutzutage sind die Toten glücklicher als die Lebenden. Was sollen wir machen? Es sind schlimme Zeiten. Die Menschen haben ihre Würde ver-

loren. Statt aus dem Glauben Macht zu schöpfen, ist die Macht ihr Glaube geworden. Es gibt keine Männer mehr, die diesen Namen verdienen, es gibt keine Helden mehr. Die Menschen haben *Rostam* vergessen. Heute tötet *Ssohrāb* seinen Vater und, verzeih mir diesen Ausdruck, schläft mit seiner Mutter. Es ist die Zeit der Schlangen des *Zohhāk*. Der Schlangen, die das Hirn junger Männer verzehren ...

Er unterbricht sich, um sich eine Zigarette anzuzünden. Er deutet mit der Hand auf das Gemälde an seiner Wand und redet weiter:

– Überhaupt haben die jungen Männer sich heute selbst in Zohhāk verwandelt. Sie verbünden sich mit dem Teufel und werfen ihre eigenen Väter in die Grube ... Eines Tages werden ihre Schlangen ihre eigenen Gehirne vertilgen.

Er blickt dir in die Augen. Deine Augen starren auf den Fensterrahmen. Der Kiosk hat sich in ein großes Zimmer verwandelt, an dessen Ende dein Onkel neben einer Wasserpfeife sitzt. Du bist so alt wie Yassin und kauerst zu Füßen deines Onkels. Er rezitiert mit lauter Stimme die *Shāhnāma*, er erzählt von Rostam, von Ssohrāb und von *Tahmina*... Von Rostams Kampf mit Ssohrāb, vom Zauber, der Rostam am Leben erhielt, von Ssohrābs Tod...

Dein kleiner Bruder weint, verlässt das Zimmer und geht zu deiner Mutter, um seinen Kopf in ihrem Schoß zu verbergen. Er schluchzt:

– Nein, Ssohrāb ist viel stärker als Rostam.

Und deine Mutter sagt:

– Ja, mein Liebes, Ssohrāb ist viel stärker als Rostam.

Auch du weinst, verlässt jedoch nicht den Raum. Stumm, mit Augen voller Tränen bleibst du zu Füßen deines Onkels sitzen und wartest darauf zu hören, ob Rostam nach dem Tod Ssohrābs noch weiterkämpfen konnte...

Mirsā Qadirs Husten holt dich von deinem Ausflug in die Kindheit zurück. Der Kiosk schrumpft wieder auf seine ursprüngliche Enge zusammen. Im Fensterrahmen erscheint Mirsā Qadirs Kopf, und er fragt:

– Gehst du zur Mine, um gemeinsam mit deinem Sohn hier zu arbeiten?

– Nein, Bruder, ich geh ihn nur besuchen... Er weiß nichts von dem Unglück, das über seine Familie gekommen ist. All mein Kummer bedeutet nichts im Vergleich zu dem, es meinem Sohn sagen zu müssen. Ich weiß nicht, wie ich es ihm beibringen soll. Er ist keiner, der so etwas gelassen hinnehmen würde. Sein Leben kann man ihm nehmen, nicht aber seine Familienehre! Er würde sofort rotsehen...

Du legst deine Hand auf die Stirn und schließt deine Augen. Dann sprichst du weiter:

– Mein Sohn, mein einziger Sohn wird wahnsinnig werden... Besser, ich würde es ihm nicht sagen.

– Er ist ein Mann, Vater! Du musst es ihm sagen! Er muss es akzeptieren. Früher oder später würde er es doch erfahren. Besser, du sagst es ihm, bist bei ihm und kannst seinen Schmerz teilen. Lass ihn nicht allein! Bring ihm bei, dass so etwas heute jedem zustoßen kann. Dass er nicht allein ist, sondern dich und seinen Sohn hat. Dass du seine Stütze bist und er deine. Dass solches Unglück allen widerfahren kann, dass der Krieg keine Gnade kennt, …

Mirsā Qadir nähert seinen Kopf der Fensteröffnung und fährt mit gesenkter Stimme fort:

– … dass das Gesetz des Krieges das Opfer ist. Entweder trägst du Blut an der Kehle oder an den Händen.

– Weshalb?

Unwillkürlich und unschuldig fragst du ihn danach.

Mirsā Qadir wirft seine Zigarette hinaus und fährt im selben Ton fort:

– Die Logik des Krieges ist das Opfer. Da gibt es kein *weshalb*. Was zählt, ist seine Durchführung, nicht die Gründe oder Folgen!

Er verstummt. Er forscht in deinen Augen nach der Wirkung seiner Worte.

Du nickst ihm zu. Als hättest du ihn verstanden. Du denkst dir, was für eine Logik der Krieg wohl haben mag. All diese abstrakten Bemerkungen sind schön und gut, doch sie heilen deine Schmerzen und die deines Sohns nicht. Murad ist keiner, der auf Rat hören und über Gesetze und Logik des Krieges nachdenken würde. Für ihn muss Blut mit Blut gesühnt werden. Mit rot angeschwollenem Nacken wird er Rache nehmen. Das ist für ihn die einzige Lösung! Außerdem fürchtet er sich nicht sonderlich vor blutigen Händen.

– Bāba, wo steckst du? Komm her, dein Enkel bringt mich noch um den Verstand!

Das Geschrei des Wächters durchzuckt dich. Hastig stehst du auf und eilst rufend zur Baracke:

– Ich komme! Ich komme schon!

Du siehst Yassin, wie er vor der Baracke steht und sie mit Steinen bewirft. Der Wächter hat sich laut schimpfend in den hintersten Winkel der Baracke zurückgezogen. Du erreichst Yassin, versetzt seinem kleinen Kopf einen Klaps und nimmst ihm die Steine aus der Hand. Der Wächter tritt schreiend hinter der Baracke hervor.

– Dein Enkel ist wahnsinnig geworden! Er kommt und bewirft die Baracke mit Steinen. So oft ich ihm auch sage: Lass das sein!, er hört nicht auf mich ...

– Verzeihung, Bruder, das Kind ist taub geworden. Es hört nichts mehr ...

Du nimmst Yassin zum Kiosk mit. Mirsā Qadir hat ihn gerade verlassen und geht lachend auf den Wächter zu. Du hockst dich erneut zu Füßen des Holzpfeilers hin und birgst Yassins Kopf in deinen Armen.

Yassin weint nicht. Wie immer ist er erstaunt. Er fragt dich:

– Sind die Panzer auch hierher gekommen?

– Woher soll ich das wissen? Sei still.

Beide verstummt ihr, beide wisst ihr, dieses Fragen und Antworten ist vergeblich. Doch Yassin fährt fort:

– Sie waren bestimmt hier. Der Kioskbesitzer hat keine Stimme mehr. Der Wächter hat keine Stimme mehr ... Großvater, sind die Russen gekommen, um von allen Menschen die Stimmen mitzunehmen? Was machen sie mit all den Stimmen? Weshalb bist du dageblieben und hast deine dir wegnehmen lassen? Hätten sie dich sonst umgebracht? Großmutter hat ihre Stimme nicht hergegeben, sie ist tot. Wenn sie noch lebte, würde sie mir bestimmt die Geschichte von *Bāba Chārkash* erzählen. Nein, wenn sie noch lebte, hätte sie ja keine Stimme mehr ...

Nach kurzem Zögern fragt er weiter:
– Großvater, habe ich eine Stimme?
Du antwortest vergeblich:
– Ja.
Er fragt es dich wieder. Du siehst ihn an und machst es ihm mit einer Kopfbewegung verständlich. Das Kind verstummt erneut. Dann fragt es sich selbst:
– Aber weshalb bin ich dann am Leben?

Yassins kleiner Kopf kriecht unter deine Jacke. Als wollte er sein Ohr auf deine Brust legen, um vielleicht aus deinem Innern eine Stimme zu hören. Doch er hört nichts. Er schließt die Augen. In seinem Innersten hat alles einen Klang. Ganz sicher. Fändest du nur einen Zugang zu ihm, um ihm die Geschichte von Bāba Chārkash zu erzählen...

Die zittrige Stimme deiner Frau dringt an dein Ohr,
 – Es war einmal ein Bāba Chārkash...

Du findest dich auf dem Ast eines großen Mehlbeerbaums wieder, ganz und gar nackt. Du bist hinaufgestiegen, um für Yassin Mehlbeeren herunterzuschütteln. Der sammelt sie am Fuß des Baums auf. Unwillkürlich beginnst du zu pinkeln. Yassin läuft weinend weg und setzt sich unter einen andern Baum. Er schüttelt die Äpfel aus deinem Bündel und schüttet die Mehlbeeren hinein. Er verknotet das Bündel. Mit seinen kleinen Händen gräbt er

die Erde auf. Er findet ein großes ebenerdiges Tor, das mit einem großen Schloss verriegelt ist. Yassin öffnet das Schloss mit einem Mehlbeerkern und steigt in die Erde hinab. Du rufst:
– Yassin, wohin gehst du? Bleib da. Ich komme gleich runter.

Yassin hört deine Stimme nicht, er steigt hinab. Hinter ihm schließt sich das Tor. Du versuchst, vom Baum herabzusteigen, doch der wird immer höher und größer. Du stürzt hinab, aber nicht auf die Erde...

Deine Augen öffnen sich halb. Dein Herz klopft laut in deiner Brust. Yassin hält nach wie vor seinen Kopf unter deine Jacke. Neben der Holzbaracke ist Mirsā Qadir mit dem Wächter in ein Gespräch vertieft.

Du versuchst, die Augen so weit wie möglich zu öffnen. Du willst nicht mehr schlafen, nicht mehr träumen. Doch deine Augen sind schwerer als dein Wille.

Die Stimme einer Frau dringt an dein Ohr:

– Yassin! Yassin!

Es ist die Stimme von Zeynab, Yassins Mutter. Dann hallt das Echo ihres Lachens in deinen Ohren. Die Stimme dringt aus der Erde hervor. Du gehst auf das Tor zu, das unter die Erde führt. Es ist verschlossen. Du rufst nach Zeynab. Deine Stimme dringt durch das Tor. Es öffnet sich. Du erblickst Fateh, den Minenwächter. Er lacht dich an und sagt:

– Willkommen! Komm herein. Ich hatte auf dich gewartet.

Und du steigst in die Erde hinab. Fateh schließt das Tor von außen. Jetzt dringt sein Lachen von der andern Seite an dein Ohr. Er ruft dir zu:

– Warst du nicht ganz versessen darauf, hineinzugehen? Seit heute Morgen quälst du mich damit. Geh. Nur zu!

Unter der Erde ist die Luft kalt und feucht. Sie riecht nach Lehm. Es ist ein großer Garten, vollkommen kahl, ein Garten ohne Blumen und Gräser. Mit schmalen, lehmigen Gängen, gesäumt von unbelaubten Eichen.

Unter einem dieser Bäume steht Zeynab, ebenfalls nackt, neben einem kleinen Mädchen. Du rufst nach ihr. Offenbar hört sie dich nicht. Sie hebt das kleine Mädchen hoch und wickelt es in einen Schal mit Apfelblütenmuster ein. Sie küsst es und entfernt sich vom Baum. Yassin steht nackt auf einem Mehlbeerbaum und sagt, das kleine Mädchen sei seine Schwester. Und dass er den Apfelblütenschal, der deiner Frau gehörte und aus dem du dein Reisebündel geschnürt hast, seiner Mutter gegeben habe, damit sie seine Schwester drin einwickeln könne. Schließlich sei es kalt hier. Aber Yassin hat doch keine Schwester! Zeynab war noch bis vor einigen Tagen im vierten Monat schwanger. Wie schnell sie entbunden hat! Wie schnell das Mädchen gewachsen ist!

Yassin zittert vor Kälte. Er will vom Baum hinabsteigen. Es gelingt ihm nicht. Der Baum wird höher und größer. Yassin weint.

Du fühlst, wie sich Schneeflocken auf deiner Haut niederlassen. Die Gänge des Gartens füllen sich mit Schnee.

Zeynab läuft, hinter einem Baum nach dem andern verschwindend. Wieder rufst du nach ihr. Sie hört dich nicht. Mit ihrem kleinen Mädchen in den Armen läuft sie immer noch nackt durch den Schnee. Sie lacht. Ihre Füße hinterlassen keine Spuren im Schnee, aber das Geräusch ihres Laufens hallt im Garten wider.

Yassin ruft nach seiner Mutter. Seine Stimme hat sich in die seiner Mutter verwandelt, ein zartes Stimmchen ... Du blickst auf seinen Körper. Es ist der eines kleinen Mädchens. Statt seines kleinen Glieds, erblickst du die Scheide eines Mädchens. Du erschrickst. Unwillkürlich rufst du nach Murad. Doch deine Stimme dringt nicht aus deiner Kehle. Sie hallt in deiner Brust wider. Deine Stimme hat sich in die Yassins verwandelt, eine zarte Stimme, bedrückt, voller Staunen, Schmerz und Fragen,

– Murad! Murad! Murad?

Von hinten packen dich kräftige Hände an den Schultern. Du siehst dich erschrocken um. Es ist Mirsā Qadir, der mit seinem gewohnten Lächeln zu dir sagt:

– Zohhāks Schlangen verzehren das Glied statt der Gehirne der jungen Männer.

Du erschrickst noch heftiger. Du willst deine Schultern aus Mirsā Qadirs Griff befreien, hast jedoch keine Kraft, dich zu rühren.

Deine Augen öffnen sich. Dein ganzer Körper ist feucht vor Schweiß. Dein Herz schlägt wie wild, deine Hände zittern. Vor dir erblickst du zwei freundliche Augen.
– Bāba, steh auf. Der Wagen ist gekommen.

Der Wagen? Wozu? Wohin willst du denn gehen? Wo bist du überhaupt?
– Vater, der Wagen fährt zur Mine.

Du erkennst Mirsā Qadirs Stimme und kommst wieder zu dir. Yassin schläft friedlich in deinen Armen. Du willst ihn wecken. Mirsā Qadir sagt:
– Lieber Vater, lass deinen Enkel bei mir. Geh zuerst allein hin und sprich mit deinem Sohn. Dann kehr zurück. In der Mine gibt es für dich und deinen Enkel keinen Platz zum Schlafen. Wenn dein

Sohn seinen eigenen Sohn in diesem Zustand sähe, würde es ihm noch schlechter gehen ...

Ein guter Vorschlag. Stell dir vor, Yassin würde seinen Vater sehen. Er würde sich ihm in die Arme werfen, und ehe du ein Wort sagen könntest, rufen:

– Mein Onkel ist tot, meine Bobo ist fort ... Qāder ist tot, Bibi ist tot! Großvater weint ...

Bei Yassins Worten würde Murad das Herz stehen bleiben. Wie könntest du Yassin erklären, dass er nichts sagen soll!

Du willigst in Mirsā Qadirs Vorschlag ein. Aber eine tiefe Furcht überfällt dich. Wie kannst du nur deinen einzigen Enkel, das einzige Kind deines einzigen Kindes, allein einem Fremden überlassen? Mirsā Qadir hast du erst vor knapp zwei Stunden kennen gelernt! Was wird Murad dazu sagen?

– Bāba, kommst du endlich?

Es ist die Stimme des Wächters. Du stehst stumm vor Mirsā Qadir, mit einem Blick voller Fragen: Was soll ich tun? Yassin oder Murad? Dastagir, jetzt ist nicht die Zeit für Fragen und Antworten! Vertrau Yassin Gott an und kümmere dich um Murad!

– Bāba, der Wagen fährt los.
– Ich vertraue dir und Gott Yassin an.

Beim Anblick von Mirsā Qadirs lächelndem Blick verscheuchst du alle Zweifel aus deinem Herzen.

Mit dem roten Bündel in der Hand machst du dich auf zur Baracke. Ein großer Lastwagen wartet auf dich. Du grüßt den Fahrer und steigst ein.

Der Wächter, gebeugt und in Staub und Schlaf gehüllt, steht in derselben halbamtlichen Uniform mit derselben halb gerauchten Zigarette im Mundwinkel vor der Baracke. Er hebt den Balken hoch, der den Weg zur Mine versperrt, und bedeutet dem Lastwagenfahrer weiterzufahren.

Der Fahrer spricht gerade mit dir. Zornig ruft der Wächter,
– Shāhmard! Fährst du nun oder nicht?

Shāhmard hebt entschuldigend die Hand und startet den Lastwagen.

Der Lastwagen fährt rasch auf das Gelände der Mine. Im Rückspiegel siehst du, wie der Wächter neben seiner Baracke von einer Staubwolke eingehüllt wird und entschwindet. Du weißt nicht, weshalb dir sein Verschwinden eine Art Freude bereitet. Schließlich war der Wächter kein schlechter Mensch. Nein, er hatte Kummer. Verzeih mir, Bruder, wenn ich dich gequält habe. Möge dein Vater in Frieden ruhen.

Dein Herz schlägt, dein Herz vergeht. Geht, *Murad* zu begegnen. Das Ziel ist nah. Der Weg hier führt dich zu ihm. Du segnest den Weg, den Murad ein ums andere Mal gegangen ist. Du wünschst dir, Shāhmard würde den Lastwagen anhalten, damit du aussteigen und deine Stirn auf die Erde drücken könntest, auf Erde, Steine und Sträucher, die einst Murads Füße geküsst haben. Könnte ich der Staub an deinen Füssen sein, Murad.

– Hast du lange warten müssen?
Shāhmards Frage unterbricht dich.
– Seit neun Uhr heute Morgen.
Ihr verstummt wieder.

Shāhmard ist ein junger Mann, vielleicht dreißig Jahre oder jünger. Die dunkle und verrußte Haut, die sein Knochengerüst bedeckt, und all die Linien und Falten seines Gesichts lassen ihn jedoch älter erscheinen. Eine alte Kappe aus Karakul-Schaffell bedeckt sein verdrecktes Haar. Ein schwarzer Schnauzbart verbirgt seine Oberlippe und die gelben Zähne. Er hat den Kopf vorgestreckt. Seine Augen, von zwei schwarzen Kreisen umringt, kommen nicht zur Ruhe. Sein Blick irrt umher. Er hat sich eine halb gerauchte Zigarette hinter das rechte Ohr gesteckt. Ihr Geruch steigt dir in die Nase. Du denkst, es wäre der Geruch von Kohle, der Geruch der Mine, der Geruch von Murad. Murad, den wiederzusehen deine Augen wird aufleuchten lassen. Du wirst sein Haupt küssen, nein, seine Füße, seine Augen, seine Hände. Wie ein Kind, das seinen Va-

ter wiederfindet. Ja, du bist Murads Kind. Er wird dich umarmen und dich trösten. Er wird deine zittrigen Hände in seine männlichen Hände nehmen und sagen:
– Dastagir, mein Sohn!
Wärest du nur sein Sohn. Wie Yassin. Taub wie Yassin. Du würdest Murad sehen und seine Worte nicht hören:
– Weshalb bist du gekommen?

– Gehst du in die Mine, um dort zu arbeiten?
– Nein, ich gehe meinen Sohn besuchen.
Dein Blick verliert sich in den Windungen der Schlucht. Du holst tief Luft und fährst fort:
– Ich gehe meinem Sohn ein Schwert ins Herz stoßen!
Shāhmard, der dich erstaunt von der Seite ansieht, lacht und sagt:
– Allmächtiger, da kommt der Vater des Schwerts!
Während dein Blick weiter zwischen schwarzen Steinen und dem Gestrüpp der Schlucht umherirrt, fährst du fort:

– Nein, Bruder, es ist mein Kummer. Manchmal verwandelt er sich in ein Schwert...

– Du redest wie Mirsā Qadir.

– Kennst du ihn etwa?

– Wie könnte man Mirsā Qadir nicht kennen? Er ist so etwas wie unser Meister.

– Er ist ein großherziger Mensch. Ich kannte ihn nicht, aber ich war zwei Stunden bei ihm. Er hat mich sehr beeindruckt. Er findet die richtigen Worte. Er versteht all deine Sorgen. Du vertraust ihm auf den ersten Blick. Du erzählst ihm alles, was du auf dem Herzen hast... In diesen Zeiten begegnet man selten Männern wie ihm. Woher kommt er? Weshalb ist er hier?

Shāhmard zieht seinen Zigarettenstummel hinter dem Ohr hervor, schiebt ihn sich zwischen die aufgesprungenen Lippen und zündet ihn an. Er inhaliert tief, sammelt den Rauch in der Lunge und sagt:

– Mirsā Qadir kommt aus Kabul, aus dem Viertel von Shorbasar. Den Kiosk hier hat er erst seit kurzem. Er redet nicht gern über sich. Solang er einem nicht vertraut, ist er sehr verschwiegen. Ich brauchte ein Jahr, um zu erfahren, woher er kommt und was ihn hergeführt hat.

Shāhmard schweigt, doch du willst mehr über Mirsā Qadir erfahren. Schließlich hast du ihm deinen Enkel anvertraut, Murads Sohn. Wer ist dieser Mirsā Qadir? Shāhmard fährt fort:
– In Shorbasar hatte er einen Laden. Tagsüber ging er seinen Geschäften nach, abends las er andern Gedichte vor. Nacht für Nacht versammelte er viele Menschen in seinem Laden. Er war sehr beliebt und angesehen. Eines Tages zogen sie seinen jüngsten Sohn zum Militärdienst ein. Als er ein Jahr später zurückkehrte, war er bereits Oberleutnant. Ein Marionettenleutnant! Sie hatten den Jungen nach Russland geschickt. Mirsā Qadir gefiel das überhaupt nicht. Er war gegen die Militärkarriere seines Sohns. Doch dem gefielen Uniform, Sold und Gewehr. Er floh von zu Hause. Mirsā Qadir verstieß seinen Sohn. Seine Frau starb vor Kum-

mer. Mirsā Qadir musste aus Kabul fliehen. Er ließ Haus und Laden zurück. Zunächst ging er zur Mine, wo er zwei Jahre arbeitete. Sobald er sich etwas erspart hatte, baute er den Kiosk. Von morgens bis abends sitzt er in seinem Kiosk und schreibt oder liest Bücher. Er fürchtet niemanden. Gefällst du ihm, vergöttert er dich, gefällst du ihm nicht, sollte nicht mal dein Hund wagen, an seinem Geschäft vorbeizulaufen... Manchmal bleibe ich über Nacht bei ihm. Bis zum Morgengrauen erzählt er mir Geschichten oder trägt Gedichte vor. Er kennt die Shāhnāma auswendig...

Mirsā Qadirs Worte hallen in deinen müden Ohren nach, die Worte über Ssohrāb und über die heutigen... Ssohrābs, die nicht sterben, sondern töten.

Plötzlich bist du stolz auf dich. Rühmst dich deines Murads. Dein Murad ist kein Ssohrāb, der seinen Vater töten würde. Aber du... Du bist Rostam! Du wirst gehen und deinem Sohn einen Schmerzensdolch ins Herz stoßen!

Nein, du willst nicht Rostam sein. Du bist Dastagir, ein namenloser Vater und kein reuevoller Held. Murad ist dein Sohn und kein heldenhafter Märtyrer. Lass Rostam in der Wiege der Wörter und Ssohrāb in seinem papierenen Leichentuch ruhen. Kehr zu deinem Murad zurück, zu dem Augenblick, in dem du seine schwarzen Hände mit deinen zittrigen Händen fest umschließt, deine feuchten Augen in seine müden Augen versenkst und Imam *Ali* um Beistand bittest. Beistand, ihm das zu sagen, was du ihm sagen musst:

– Murad, deine Bobo hat dir ihr Leben geschenkt ...

Nein! Weshalb soll er bei Murads Mutter beginnen?

– Murad, dein Bruder hat dir sein Leben geschenkt ...

Weshalb mit dem Bruder?

Wie denn? Womit soll man beginnen?

– Murad, mein Sohn, unser Haus ist zerstört ...

– Weshalb?

– Die Bomben ...

– Ist jemand verletzt worden?

Stille.
– Wo ist Yassin?
– Er lebt.
– Wo ist Zeynab?
– Zeynab?... Zeynab... ist im Dorf.
– Wo ist meine Bobo?
Jetzt muss man sagen:
– Deine Bobo hat dir ihr Leben geschenkt...
Und Murad wird weinen.
– Mein Sohn, sei doch ein Mann! So etwas kann heute jedem zustoßen... War sie deine Mutter, so war sie auch meine Frau. Sie ist fort. Wenn der Tod kommt, fragt er nicht, wessen Mutter jemand ist oder wessen Frau... Der Tod ist über unser Dorf gekommen, mein Sohn...

Und dann erzähl ihm von seiner Frau, seinem Bruder... und von Yassin, der lebt, den du bei Mirsā Qadir zurückgelassen hast. Er war müde, er schlief... Sag ihm nichts über Yassins Zustand.

Das Geräusch eines entgegenkommenden Lastwagens unterbricht dein Gespräch mit Murad. Er fährt mit hoher Geschwindigkeit vorbei und wirbelt den schwarzen Staub in der Schlucht auf. Der Staub verbirgt die Kurven. Shāhmard drosselt das Tempo. Er fragt dich:

– Bleibst du heute Nacht bei deinem Sohn?

– Ich weiß nicht, ob er Platz für mich hat.

– Es wird sich schon etwas finden.

– Aber ich muss zurück. Ich habe meinen Enkel bei Mirsā Qadir gelassen.

– Weshalb hast du ihn nicht mitgenommen?

– Ich hatte Angst.

– Wovor?

– Ach, Bruder, weshalb soll ich dir Kummer bereiten?

– Kümmere dich nicht darum, sag's schon!

– Gut, ich werde es dir erzählen.

Shāhmard schweigt. Als wollte er dich nicht drängen. Vielleicht denkt er, du willst nichts erzählen. Wie könntest du denn nicht wollen? Mit wem hast du zusammensitzen und weinen können, seit das Dorf vernichtet wurde? Mit wem hast du deinen Kummer geteilt? Mit wem getrauert?

Jeder trauerte um seine eigenen Toten.

Dein Bruder, der neben seiner Ruine saß und hoffte, einen vertrauten Seufzer aus dem Gewirr aus Dach und Wänden aufsteigen zu hören.

Dein Cousin, der weinend in den Trümmern nach einem Schal oder Stofffetzen suchte, in den er seine Toten wickeln könnte.

Deine Schwägerin, die zu ihrem zerstörten Stall gegangen war, sich dort neben ihrer toten Kuh ausgestreckt hatte, an ihren erstarrten Zitzen saugte und dabei lachte...

Und du hattest Yassin. Was bedeutete es schon, wenn er dein Weinen nicht hörte? Er konnte es aber sehen. Davon abgesehen, mit welchem andern Menschen hast du zusammengesessen, um dessen Kummer zu teilen? Vor allen bist du geflohen. Hocktest wie eine Eule über deiner Ruine. Hattest die Ruine in einen Friedhof verwandelt. Wäre nicht Murad gewesen und nicht Yassin, hättest du niemals die Ruine verlassen. Gott sei Dank, beide sind da! Sonst würdest du dort geblieben sein, bis du vermodert wärst.

Dastagir, wohin schweifst du schon wieder ab? Shāhmard wollte wissen, weshalb du Yassin nicht mitgenommen hast. Schweifst einfach fort. Phantasierst du schon wieder? Erzähl ihm etwas! Erzähl ihm von deinen Toten. Finde jemanden, der für deine Toten betet. Wer außer Mirsā Qadir hat dir bisher Beileid gewünscht? Wer außer ihm hat für die Seelen deiner Toten gebetet? Lass zu, dass noch ein Zweiter ein Gebet spricht. Um Erlösung der Seelen bittet. Sag etwas!

Und du erzählst. Von der Zerstörung deines Dorfs, von deiner Frau, deinem Sohn, deinen beiden Schwiegertöchtern, von Yassin ... und du weinst.

Shāhmard schweigt. Er ist ratlos. Seine rastlosen Augen irren umher, um Worte zu finden. Er findet sie. Er murmelt ein Gebet. Er spricht dir sein Beileid aus und verstummt wieder.

Du redest weiter. Erzählst von Murad. Wie du Murad vom Sterben seiner Mutter, seiner Frau, seinem Bruder erzählen willst. Shāhmard schweigt nach wie vor. Was soll er sagen? Der ganze Zorn ist ihm in die Beine gesunken. Seine Füße sind ihm schwer geworden. Man merkt es am Tempo des Lastwagens.

Auch du verstummst.

Das eintönige Dröhnen und Schlingern des Lastwagens verursacht dir Übelkeit. Du möchtest die Augen einen Augenblick schließen.

Ein Militärjeep nähert sich von hinten dem Lastwagen. Er fährt vorbei, und wirbelt den dunklen Staub der Schlucht auf.

Im schwarzen Nebel aus Staub siehst du Murads Frau, die nackt vor dem Lastwagen herläuft. Ihre Haare, gelöst und feucht, treiben den Staub fort. Als wollte sie ihn mit ihrem Haar aus der Luft fegen. Ihre weißen Brüste wippen sacht auf

ihrem Brustkorb. Wassertropfen gleiten wie Tau von ihrer Haut. Du rufst nach ihr:
– Zeynab, geh aus dem Weg!

Deine Stimme ist im Lastwagen gefangen. Sie dringt nicht hinaus. Sie hallt im Wagen fort. Du willst die Fensterscheibe des Wagens herunterkurbeln, damit deine Stimme hinausdringt, zu Zeynab. Doch du hast nicht die Kraft, dich zu bewegen. Du bist schwer geworden. Auf deinen Knien lastet das rote Bündel. Du spürst, wie schwer es geworden ist. Du willst es aufheben und beiseite legen, hast aber keine Kraft. Du öffnest es. Die Äpfel darin sind allesamt schwarz geworden, haben sich in Kohle verwandelt … verkohlte Äpfel! Du lachst in dich hinein. Ein höhnisches Gelächter. Du willst Shāhmard nach dem Geheimnis der verkohlten Äpfel fragen. Statt Shāhmard sitzt Murad da. Unwillkürlich rufst du seinen Namen aus, weißt aber nicht, ob aus Furcht, Erstaunen oder sogar vor Freude.

Murad sieht dich nicht an. Sein Blick hat sich auf die Straße geheftet, auf Zeynab. Du rufst erneut seinen Namen. Murad hört es nicht. Als sei er taub geworden. Taub wie Yassin.

Zeynab läuft weiter vor dem Lastwagen her. Staub lässt sich langsam auf ihrer weißen feuchten Haut nieder. Ein Schleier aus schwarzem Staub verhüllt ihren Leib. Zeynab ist nicht mehr nackt.

Ein Ruck des Lastwagens entreißt Zeynabs Bild deinem Blick. Der leere Schotterweg versinkt erneut im dunklen Staub.

Du holst tief Luft. Wirfst verstohlen einen Blick auf Shāhmard. Murad ist nicht mehr da, Gott sei Dank. Du bist wieder aufgewacht. Stumm siehst du um dich. Dein rotes Bündel liegt neben dir. Auf der Sitzbank kullert ein Apfel umher.

Mit Entsetzen blickst du wieder vor den Lastwagen. Zeynab ist nicht mehr da. Zeynab hat sich nackt ins Feuer geworfen. Sie ist verbrannt. Nackt verbrannt. Nackt aus dem Leben gegangen. Vor deinen Augen verbrannt und aus dem Leben gegangen ... Wie soll man all das Murad beibringen? Ist es überhaupt nötig? Nein! Zeynab ist auch gestorben. Das reicht. Sie ist wie die andern gestorben, im Haus, unter den Bomben. Zeynab war für das Paradies bestimmt. Wir sind es, die im Feuer der Hölle brennen. Die Toten sind glücklicher als die Lebenden ...

Welch schöne Worte du gelernt hast, Dastagir! Doch du weißt, wie nutzlos sie alle sind. Murad ist keiner, der stillhalten würde, der sich in einen Winkel verziehen und leise weinen würde. Murad ist ein Mann, er ist Dastagirs Murad. Er ist ein Berg an Ehre, ein weites Land an Entschlossenheit. Der kleinste Funke an seine Ehre gehalten, schon würde er entflammen. Dann würde er brennen oder verbrennen. Den Tod seiner Mutter, seiner Frau, seines Bruders nicht ungesühnt lassen. Er wird sich rächen, muss sich rächen ...

An wem? Was kann er denn allein ausrichten? Er würde auch getötet werden. Hast du dich vergessen, Dastagir? Das Blut ist dir zu Kopf gestiegen! Bist du irrsinnig?

Von dir ist nur noch ein Sohn übrig. Den willst du auch noch opfern! Wozu? Um deine Frau und dein Kind wieder zum Leben zu erwecken? Dastagir, schluck deinen Zorn hinunter! Lass Murad in Ruhe! Lass ihn leben. Wär ich bloß stumm! Wär bloß mein Mund voller Staub! Schlaf in Frieden, Murad.

Nach längerer Suche in den Taschen ziehst du deine Dose mit Naswar heraus. Du bietest es Shāhmard an. Schüttest ein wenig in seine Handfläche, ein wenig auch in deine und schiebst es unter die Zunge.

Du verstummst wieder.

Dein Blick verfolgt das rasche Vorbeiziehen der Felsen und Dornen. Nein, nicht du bist es, der an ihnen vorbeizieht, sie ziehen vorbei. Nicht du gehst, die Welt vergeht. Du bist verurteilt zu bleiben und dem Gang der Welt zuzusehen, dem Fortgang deiner Frau und deines Kindes...

Deine Hände zittern, dein Herz setzt aus, dir wird schwarz vor Augen. Du kurbelst die Fensterscheibe des Lastwagens herunter, um frische Luft in deinen Kopf zu bekommen.

Die Luft ist nicht frisch. Sie ist schwerer geworden, voluminöser, hat sich verfärbt, schwarz gefärbt. Nein! Nicht dir ist schwarz vor Augen, die Erde ist schwärzer geworden.

– Dastagir, was hast du mit meinem Apfelblütenschal gemacht?

Es ist die Stimme von Murads Mutter. Du siehst, wie deine Frau am Abhang des Hügels gleichauf mit dem Lastwagen läuft. Du öffnest den Knoten des Bündels. Schüttest die verkohlten Äpfel aus und lässt den Apfelblütenschal aus dem Wagenfenster in die Luft gleiten. Der Schal tanzt. Murads Mutter läuft tanzend ihrem Schal nach.

– Wir sind da!

Shāhmards Ruf lässt Murads Mutter im See deiner Augen versinken. Du öffnest deine tränenerfüllten Augen. Du bist der Mine nah. Das Wiedersehen mit Murad ist nah. Dein Brustkorb wird enger, dein Herz weiter, deine Adern kürzer, dein Blut zäher ...

Deine Zunge hat sich in einen Klumpen Holz verwandelt, verbranntes Holz, halb verbrannt, verkohlt, stumme Kohle ... Deine Kehle ist ausgedorrt. Wasser, Wasser! Du schluckst dein Naswar hinunter. Aschegeruch erfüllt deine Nase. Du holst tief Luft. Sie riecht nach Murad. Du füllst deinen Brustkorb so weit wie möglich mit seinem Geruch. Zum ersten Mal spürst du, wie klein deine Brust ist und wie groß dein Herz, groß wie dein Kummer ...

Shāhmard drosselt die Geschwindigkeit des Lastwagens, biegt nach links ab. Ihr erreicht das Eingangstor zur Mine. Er hält an. Ein Mann tritt aus einer Holzbaracke, die jener am Anfang des Wegs gleicht, verlangt den Passierschein und unterhält sich mit Shāhmard. Du sitzt stumm da. Rührst dich nicht. Hast gar nicht die Kraft, dich zu rühren. Dein Atem ist im Käfig deiner Brust gefangen. Im Augenblick gleichst du einer Leiche. Dein kraftloser Blick kriecht durch die Stäbe des großen Eisentors in die Mine. Du spürst, dass Murad jenseits des Tores auf dich wartet. Murad, frag Dastagir nicht, weshalb er gekommen ist!

Der Lastwagen durchquert vorsichtig die Einfahrt zur Mine. Ihr fahrt ins Minengelände ein. Am Abhang eines großen Hügels liegen würfelförmige Betonhäuser nebeneinander gebettet. In welchem von ihnen wohnt Murad? Männer mit schwarzen Gesichtern und eisernen Helmen auf dem Haupt steigen den Abhang hinab, andere hinauf. Murad entdeckst du nicht unter ihnen. Der Lastwagen fährt in Richtung der kleinen Betonhäuser und bleibt vor einem von ihnen stehen. Shāhmard bittet dich, hier auszusteigen und zum Vorarbeiter der Mine zu gehen, um ihn nach deinem Sohn zu fragen. Einen Augenblick bleibst du stumm und verstört sitzen. Deine Hand hat nicht die Kraft, die Tür des Lastwagens zu öffnen. Wie ein Kind, das sich nicht von seinem Vater trennen will, setzt du eine unschuldige Miene auf und fragst Shāhmard:

– Ist mein Sohn hier?

– Ganz bestimmt! Aber wie soll ich wissen, wo? Du musst den Vorarbeiter fragen.

– Wo ist der Vorarbeiter?

Shāhmard deutet auf das Gebäude zur Rechten des Lastwagens.

Deine Hand drückt zitternd und kraftlos die Tür des Lastwagens auf. Du stellst deine Füße auf die Erde. Sie tragen dich nicht. Deine Füße haben nicht die Kraft, deinen Körper zu tragen. Nicht dein Körper ist schwer, die Luft ist es, die auf ihm lastet. Hier ist die Luft voluminös, hat ein Gewicht. Du stützt eine Hand in die Hüfte. Shāhmard reicht dir dein rotes Bündel durch das Fenster und sagt:

– Bāba, ich fahre gegen fünf, sechs Uhr in die Stadt zurück. Falls du mitwillst, warte am Tor auf mich.

Gott segne dich. Du sagst es im Stillen und nickst mit dem Kopf. Deine Zunge kann sich nicht bewegen. Sie kann, doch die Worte sind zu schwer. Wie die Luft haben sie ein Volumen bekommen.

Der Lastwagen fährt an. Du bleibst angewurzelt inmitten einer Staubwolke stehen. Einige Minenarbeiter gehen mit schwarzen Gesichtern an dir vorbei. Murad? Nein, dein Sohn ist nicht dabei. Geh und frag den Vorarbeiter nach Murad.

Du willst losgehen, doch deine Beine sind immer noch zu müde, kraftlos. Tief eingesunken sind sie, bis ins Zentrum der Erde, bis in die Kohlenöfen, in die lodernde Glut… Deine Füße brennen in den Schuhen. Bleib ein Weilchen stehen, atme tief ein. Beweg die Füße. Du kannst gehen. Geh schon!

Du erreichst das Gebäude des Vorarbeiters. Du stehst vor einem Portal, einem großen Portal. Als führte es zu einer Festung. Was wird dich jenseits des Portals erwarten? Bestimmt ein Stollen, ein langer tiefer Stollen, der in die Tiefen der Erde hineinreicht, in ihr Zentrum, bis hin zu den brennenden Öfen, der glühenden Kohle...

Du ergreifst die Klinke des Portals. Es ist heiß.

Dastagir, wohin gehst du? Gehst du, Murad, deinem einzigen Sohn, einen Dolch ins Herz zu stoßen? Kannst du deinen Schmerz nicht für dich behalten? Lass Murad in Ruhe! Eines Tages wird er schon noch davon erfahren. Besser, wenn er es aus dem Munde eines andern hört. Du machst einen Schritt zurück.

Und was ist mit dir? Gehst fort und verschwindest aus seinem Leben? Nein? Was dann? Wenn du heute nicht die Kraft hast, es ihm zu sagen, zu müde bist, kehr um! Komm morgen wieder! Morgen? Aber morgen wird es dieselbe Geschichte sein, derselbe Gram. Also klopf an! Deine Hände sind schwer geworden. Wieder entfernst du dich einige Schritte vom Portal.

Weshalb, Dastagir? Wohin gehst du? Kannst du dich nicht entscheiden? Lass Murad nicht allein. Nimm wie ein Vater dein Kind an die Hand und lehr es aufs Neue zu leben.

Du näherst dich der Tür. Klopfst an. Das dürre, schnarrende Geräusch der sich öffnenden Tür lässt dich im Innern erbeben. Der geschorene Kopf eines jungen Mannes erscheint durch die halb geöffnete Tür. Sein rechtes Auge ist lädiert. Anstelle der Iris kriechen feine rote Äderchen über sein Augenweiß. Mit einem Nicken und einem Blick, der sich auf deine Augen heftet, fragt er dich, was du willst. Du antwortest, voll Vertrauen in deine Entschlossenheit:

– Salam! Murad, Abkomme des Dastagir, ist mein Sohn. Ich bin gekommen, ihn zu besuchen!

Der Mann zieht die Tür weiter auf. Die Frage entweicht seinem Blick und Gesicht. Verwirrt wendet er den Kopf einem Mann zu, der an einem großen Tisch am

Ende des Zimmers gerade etwas aufschreibt.

– Herr Vorarbeiter, Murads Vater ist gekommen.

Bei den Worten des Mannes erstarrt der Vorarbeiter der Mine wie ein steinernes Gewicht. Sein Füller fällt aufs Papier.

Sein Blick versenkt sich in deinem. Lastende Stille füllt den Abstand zwischen euch. Mit letzter Kraft hältst du deine gebeugte Gestalt aufrecht und betrittst den Raum. Doch das Schweigen und die rätselhaften Blicke des Mannes und des Vorarbeiters beginnen langsam auf dir zu lasten. Deine Knie zittern. Wieder krümmt sich deine Gestalt. Dastagir, was tust du bloß? Hast nach Murad verlangt. Willst du ihn töten? ... Nein, Gott bewahre. Du wirst es ihm nicht erzählen. Fragt er dich, weshalb du gekommen bist, sag etwas anderes, erfinde einen Vorwand. Sag, sein Onkel sei ins Dorf gekommen und hätte dich bei der Rückfahrt bis Pol-e Chomri mitgenommen. Du hättest die Gelegenheit genutzt und seist zur Mine gekommen, um dich nach seinem Befinden zu erkundigen. Das reicht. Dann kehrst du wieder ins Dorf zurück. Gott steh dir bei, Murad!

Der Vorarbeiter erhebt sich von seinem Platz und kommt humpelnd auf dich zu. Seine schwere Hand legt sich auf deine müde Schulter. Als würde sich die Grube mit dem großen Hügel, all der Kohle und den ganzen würfelförmigen Betonhäusern auf deine Schultern legen.

Deine Gestalt krümmt sich noch mehr. Der Vorarbeiter umrundet dich. Er ist hoch gewachsen. Er hinkt auf dem linken Bein.

Du hebst die Augen zu ihm auf. Siehst einen Berg vor dir stehen, mit geöffnetem Mund. Als wollte er dich verschlingen. Unter seinem rußigen Schnurrbart sind seine großen schwarzen Zähne zu erkennen. Er riecht nach Kohle.

– Willkommen, lieber Bruder. Ein langes Leben wünsche ich dir. Setz dich!

Er geleitet dich zu einem Holzstuhl, der vor seinem Schreibtisch steht, und kehrt selbst wieder hinkend hinter seinen Tisch zurück. Du setzt dich. Hältst das Apfelbündel fest zwischen die Knie gepresst. Auf der gegenüberliegenden Wand, genau über dem Stuhl des Vorarbeiters, ist sein großes gerahmtes Porträt angebracht. Eine Uniform am Leib, unter dem schwarzen Schnurrbart ein siegessicheres Lächeln auf den Lippen.

Der Vorarbeiter setzt sich wieder auf seinen Stuhl und fährt, jedes Wort sorgfältig betonend, fort:
– Murad ist in die Grube eingefahren. Er hat jetzt Schicht. Möchtest du eine Tasse Tee?
Mit zittriger Stimme sagst du:
– Gott schenke Ihnen ein langes Leben, Herr Vorarbeiter.
Der Vorarbeiter bestellt bei dem Mann, der dir die Tür geöffnet hat, zwei Tassen Tee.

Es beruhigt dich, dass Murad gerade nicht zur Stelle ist. Noch bleiben dir einige Augenblicke, eine einleuchtende Antwort zu finden und Worte des Trosts. Vielleicht kann dir der Vorarbeiter dabei helfen. Du fragst:

– Um wie viel Uhr hat er frei?

– Um acht Uhr heute Abend.

Acht Uhr? Um sechs Uhr kehrt Shāhmard in die Stadt zurück. Und überdies: Wo sollst du dich bis acht Uhr heute Abend aufhalten? Was sollst du tun? Kannst du die Nacht hier verbringen? Was wird dann aus Yassin?

– Verehrter Bruder, Murad geht es gut. Er weiß von dem Unglück, das über seine Familie gekommen ist. Gott sei ihren Seelen gnädig …

Du hörst nicht mehr, was folgt. Murad weiß Bescheid? Du wiederholst es einige Male vor dich hin. Als würdest du die Bedeutung des Satzes nicht verstehen. Oder als hättest du ihn nicht richtig gehört. Schließlich hören die Ohren in deinem Alter nicht mehr so gut, sie hören anders.

Mit lauter Stimme fragst du:
– Er weiß Bescheid?
– Ja, Bruder, er weiß Bescheid.

Aber weshalb ist er dann nicht ins Dorf gekommen? Nein, es ist nicht dein Murad. Es muss ein anderer sein. Schließlich heißt nicht nur dein Sohn so. Vielleicht gibt es in dieser Mine noch zehn andere Männer mit diesem Namen. Der Vorarbeiter hat nicht verstanden, dass du nach Murad, Abkomme des Dastagir, suchst. Er hört offenbar auch schlecht. Noch einmal stellst du ihm deinen Sohn vor:
– Ich meine Murad, Abkomme des Dastagir. Aus Abqul.
– Ja, Bruder, ich meine denselben.
– Mein Sohn weiß Bescheid, dass seine Mutter, seine Frau und sein Bruder getötet wurden und…
– Ja, Bruder, man sagte ihm sogar, dass auch du… Gott bewahre…
– Nein, ich lebe. Sein eigener Sohn auch…
– Gott sei Dank…

Was heißt hier, Gott sei Dank! Wäre sein Sohn doch auch gestorben und der Vater ebenfalls! Damit der Vater sein Kind und das Kind seinen Vater nicht in solchem Elend und solcher Hilflosigkeit erleben muss. Was ist Murad geschehen? Bestimmt ist ihm etwas zugestoßen. Die Mine ist eingestürzt und Murad ist unter der Kohle begraben worden. Sag um Gottes willen die Wahrheit, Vorarbeiter. Was ist aus Murad geworden?

Deine Augen kriechen überallhin. Verlangen von allem eine Antwort, vom Tisch, aus dem die Geräusche der Termiten dringen, vom Porträt, dass den Vorarbeiter gebannt hat, vom Füller, der kraftlos aufs Papier gefallen ist, von der Erde, die unter deinen Füßen bebt, von der Decke, die einzustürzen droht, vom Fenster, das sich nie wieder öffnen wird, vom Hügel, der dein Kind verschlungen hat, von der Kohle, die die Knochen deines Sohns schwarz gefärbt hat…

– Was ist mit Murad geschehen?
Du fragst es mit lauter Stimme.
– Nichts. Gott sei Dank geht es ihm gut.
– Aber weshalb ist er nicht ins Dorf zurückgekehrt?
– Ich habe es nicht zugelassen.
Das Apfelbündel zwischen deinen Knien fällt zu Boden. Erneut kriecht dein Blick überallhin, verliert sich schließlich in den rußigen Furchen auf dem Gesicht des Vorarbeiters. Dein Hirn füllt sich erneut mit Fragen und Verwünschungen. Wer ist dieser Vorarbeiter? Wofür hält er sich? Bist du Murads Vater oder er? Sie haben dir Murad weggenommen. Es gibt keinen Murad mehr. Dein ersehntes Ziel ist verschwunden...

Die dröhnende Stimme des Vorarbeiters hallt erneut durch den Raum:
– Er wäre gekommen, aber ich habe es nicht zugelassen. Sonst hätten sie ihn auch getötet...
Und wenn schon! Besser tot sein.

Der Bedienstete bringt zwei Tassen Tee, reicht eine dir, die andere dem Vorarbeiter. Die beiden beginnen sich zu unterhalten. Über Dinge, die du nicht verstehst. Oder nicht verstehen willst.

Mit zitternden Händen hältst du die Teetasse auf den Knien umklammert, doch auch deine Beine zittern. Ein paar Tropfen Tee fallen dir aufs Knie. Du verbrennst nicht. Doch du brennst, bemerkst es aber vermutlich nicht. Schließlich verbrennst du innerlich. In einem Feuer, das noch heißer brennt. Im Feuer der Fragen von Freund und Feind, Vertrauten und Fremden:
 – Was ist geschehen?
 – Hast du Murad gesehen?
 – Hast du es ihm erzählt?
 – Wie hast du es ihm erzählt?
 – Was hat er getan?
 – Was hat er gesagt?

Und was kannst du ihnen antworten? Nichts! Du hast deinen Sohn gesehen. Er wusste über alles Bescheid. Aber er ist nicht gekommen, um die toten Körper von Mutter, Frau und Bruder zu begraben. Murad ist ehrlos geworden, ein Feigling...

Deine Hände zittern. Du stellst die Tasse auf den Tisch. Fühlst, wie du innerlich explodieren willst. Begreifst, dass dein Kummer Gestalt angenommen, sich in eine Bombe verwandelt hat, die explodieren wird. Sie wird auch dich zerreißen wie Fateh, den Wächter. Mirsā Qadir kannte sich aus mit Kummer... Dein Brustkorb fällt in sich zusammen wie ein altes Haus. Ein leeres Haus... Murad hat es verlassen. Wen kümmert es, wenn ein leeres Haus zusammenfällt?

– Dein Tee wird kalt, lieber Bruder.
– Macht nichts.

Du verstummst wieder. Der Vorarbeiter fährt fort:
– Bis vor zwei Tagen ging es Murad sehr schlecht. Weder aß er, noch trank er etwas. Er hatte sich in einem Winkel seines Zimmers verkrochen und rührte sich nicht. Er schlief nicht. Eines Nachts, um Mitter-

nacht, rannte er splitternackt hinaus. Zusammen mit seinen Freunden schlug er sich bis zum Morgengrauen vor Schmerz auf die Brust. Dabei rannte er unentwegt um das Feuer. Schließlich warf er sich hinein. Seine Freunde haben ihn gerettet...

Deine verknoteten Fäuste lösen sich nach und nach. Deine Schultern, die beinah die Ohren säumten, sinken herab. Du kennst doch deinen Murad. Dein Murad würde nicht still sitzenbleiben können. Er würde brennen oder verbrennen. Er würde zerstört werden oder zerstören. Diesmal hat er nichts verbrannt, er wurde verbrannt. Zerstörte nichts, wurde zerstört...

Aber was dann? Weshalb ist er nicht gekommen, um neben dem Leichnam seiner Mutter zu verbrennen? Wäre er Dastagirs Murad gewesen, hätte er ins Dorf zurückkehren und sich neben seinen Toten auf die Brust schlagen müssen, nicht neben dem Feuer... Sie hatten ihm gesagt, du seist ebenfalls gestorben. Dennoch ist er nicht gekommen. Wenn du bald stirbst – das wirst du, kannst ja nicht ewig leben –, was tut er dann? Wird er an deinem Leichnam wachen? Wird er deinen Sarg ins Grab legen? Nein. Dein Leichnam wird in der Sonne verfaulen, ohne Leichentuch und Sarg... Murad ist nicht mehr dein Murad. Murad hat seine Seele verschenkt, den Steinen, dem Feuer, der Kohle, diesem Mann hier, der dir gegenübersitzt, dessen Mund einem den Kohlendunst in die Nase bläst.

– ... Murad ist unser bester Arbeiter. Nächste Woche werden wir ihn zu einem Alphabetisierungskurs schicken. Er wird Lesen und Schreiben lernen. Eines Tages wird er zu Amt und Würden kommen. Er wird die Minenarbeiter vertreten, als Vorbild eines jungen, fleißigen und revolutionären Arbeiters...

Erneut hörst du die folgenden Worte des Vorarbeiters nicht mehr. Du denkst an Mirsā Qadir. Wie er musst du dich entscheiden, fürs Bleiben oder Gehen. Und was wirst du sagen, wenn du Murad triffst?

– Salam.

– Salam.
– Weißt du Bescheid?
– Ich weiß Bescheid.
– Gott schenke dir ein langes Leben.
– Dir auch.
Was dann? Nichts.
– Auf Wiedersehen.
– Auf Wiedersehen.
Nein, ihr habt nichts mehr miteinander zu teilen. Kein Wort, keine Träne, keinen Seufzer.

Du hebst dein Bündel, das neben deinen Füßen liegt, auf. Du willst es nicht bei Murad lassen. Der Apfelblütenschal trägt den Geruch deiner Frau. Der Vorarbeiter, der bislang vergebens weitergesprochen hat, ist betreten. Du sagst zu ihm:
– Ich geh jetzt. Sagen Sie Murad bitte, dass sein Vater gekommen sei, dass er lebt, dass Yassin, sein Sohn, lebt. Ich muss mich nun von Ihnen verabschieden...
Auf Wiedersehen, Murad. Mit gesenktem Kopf verlässt du den Raum. Die Luft ist noch voluminöser geworden, noch

schwerer und dunkler. Du siehst den Hügel an. Er ist ebenfalls größer geworden und schwärzer... Die Männer steigen mit noch müderen und schwärzeren Gesichtern von ihm herab. Du willst nicht mehr wie im Augenblick deiner Ankunft prüfend ihre Gesichter betrachten. Hoffentlich ist Murad nicht unter ihnen.

Du setzt dich in Richtung des Minentors in Bewegung. Du hast erst ein paar Schritte getan, als dich eine Stimme an die Erde nagelt.

– Bāba!

Die Stimme ist dir fremd. Gott sei Dank. Du siehst den Bediensteten des Vorarbeiters, der sich dir verstohlen nähert.

– Bāba, es bleibt unter uns. Sie haben Murad gesagt, dass die Mudjahiddin und Verräter seine gesamte Familie ermordet hätten. Weil Murad in der Mine arbeiten würde. Sie haben ihn eingeschüchtert. Murad weiß nicht, dass du lebst.

Noch verzweifelter und mutloser als zuvor blickst du auf das Gebäude des Vorarbeiters. Du packst den Bediensteten am Arm und bettelst ihn an:

– Bring mich zu meinem Sohn!

– Es geht nicht, Bāba. Dein Sohn ist im Stollen, er arbeitet. Wenn es der Vorarbeiter erfährt, bringt er mich um. Geh, Vater! Ich werde deinem Sohn erzählen, dass du hier warst.

Der Bedienstete will seinen Arm aus deinem Griff befreien. Bestürzt legst du das Bündel auf die Erde. Mit einer Hand wühlst du in deinen Taschen und ziehst die Dose mit Naswar heraus. Streckst sie dem Bediensteten hin und flehst ihn an, sie Murad zu geben. Er nimmt die Dose und entfernt sich eiligst von dir.

Murad wird deine Naswar-Dose erkennen. Schließlich hat er sie selbst von seinem ersten Lohn für dich gekauft. Sobald er die Dose sieht, wird er wissen, dass du lebst. Sollte er dir folgen, wird er dein Murad sein. Andernfalls wirst du keine Sehnsucht mehr haben. Geh, nimm Yassin und kehr mit ihm ins Dorf zurück. Warte dort ein paar Tage.

Du gehst auf den Ausgang der Mine zu. Deine Schritte werden schneller. Du erreichst das Tor der Mine. Du wartest nicht mehr auf Shāhmard. Zu Fuß begibst du dich auf den Weg durch die äschernen Hügel. Kummer schnürt dir die Kehle zu. Du schließt die Augen und weinst lautlos in dich hinein. Dastagir, sei doch ein Mann! Ein Mann weint nicht! Weshalb? Lass doch den Kummer schmelzen!

Neben dem ersten Hügel bleibst du stehen. Du sehnst dich nach Naswar. Es ist nicht mehr da. Vielleicht hält Murad die Dose mit Naswar inzwischen in seinen Händen.

Du verlangsamst die Schritte. Bleibst stehen. Bückst dich. Mit den Fingerspitzen hebst du ein wenig von der äschernen Erde auf und schiebst sie dir unter die Zunge. Du setzt dich wieder in Bewegung… Deine Hände, über dem Rücken verschränkt, halten das Apfelblütenbündel fest umklammert.

GLOSSAR

Naswar: narkotisierende Mixtur aus Tabakblättern und Kalk, die zur Stillung des Hungers gelutscht wird.

Bāba djan, wörtlich: lieber Vater, Väterchen, respektvolle und vertrauliche Anrede für einen betagten Mann.

Mehlbeerbäume wachsen wild, ihre essbaren gelben oder roten Früchte (*senjed*) sind ein beliebtes Naschwerk.

La Hawl Wallah Qowwattah ... (Koran), wörtlich: Nur Gott hat die Macht zu urteilen. Umgangssprachlicher Ausdruck, um Gottes Zorn zu besänftigen (Anm. v. S. Nouri).

Hammam: Bad. Hier ein öffentliches Bad, wie es in Dörfern und Städten immer noch weit verbreitet ist.

Bibi und *Bobo:* umgangssprachliche Bezeichnungen für Großmutter und Mutter (Anm. v. S. Nouri).

Rostam: Sohn des Zāl, Held des Epos *Shāhnāma* (Buch der Könige). Das berühmte Epos des großen persischen Dichter Firdousi (11. Jahrhundert) erzählt die Auseinandersetzungen zweier miteinander verfeindeter Clans aus Ost- und Westpersien. Dabei tötet Rostam seinen Sohn Ssohrāb, von dessen Existenz er nichts ahnte. (Anm. v. S. Nouri)

Ssohrāb: Sohn des Rostam aus dessen heimlicher Verbindung mit Tahmina, der Prinzessin von Turan, stellt sich in der berühmten Schlacht der beiden Königreiche Iran und Turan seinem Vater entgegen.

Zohhāk: legendärer Tyrann des Shahnama, der mithilfe des Teufels (Ahriman) an die Macht gelangte. Ahriman küsste ihn auf die Schultern, denen zwei Schlangen entwuchsen, die mit dem Hirn junger Menschen des Reiches gefüttert werden mussten.

Bāba Chārkash: persisches Volksmärchen, dem Märchen vom Däumling vergleichbar (Anm. v. S. Nouri).

Murad: männlicher Eigenname (arabisch), wörtlich: Wunsch, Ziel, Streben. Unübersetzbares Wortspiel (Anm. d. Ü.)

Mirsā, wörtlich: Kontorist, Schreiber, Sekretär. Vor Eigennamen historischer Ehrentitel für einen gebildeten Mann aus dem säkularen Bereich, zumeist als Privatsekretär tätig.

Ali: Schwiegersohn des Propheten Muhammad und nach Auffassung der Schiiten dessen legitimer Nachfolger. Der Kampf um die Nachfolge beim Kalifat führte zur Abspaltung der Schiiten (von *Shi'at Ali:* Anhänger Alis) von der Mehrheit der Sunniten.

Die Originalausgabe erschien 1999 unter dem Titel
Chākestar o Chāk bei Editions Khavaran, Vincennes.

Anmerkung der Übersetzerin
Der persische Originaltitel dieses Buches,
»*Chākestar o Chāk*«, enthält eine unübersetzbare
Alliteration. Das gilt auch für weitere im Original
enthaltene Spiele mit diesem Wortpaar, wobei
anzumerken ist, dass *Chāk* in Persisch
– wie Dari – sowohl Erde als auch Staub bedeutet.

Der Claassen Verlag ist ein Unternehmen der
Econ Ullstein List Verlag GmbH & Co. KG.

ISBN 3-546-00314-4

© 2001 by Claassen Verlag GmbH
in der Econ Ullstein List GmbH & Co. KG, München.
Alle Rechte vorbehalten. Printed in Germany.
Gesetzt aus der Palatino bei Leingärtner, Nabburg
Druck und Bindung: GGP Media, Pößneck